Weiblichkeit in Mann und Frau

Hildegund Theadora Engstler

Hildegund Theadora Engstler

Weiblichkeit

IN MANN UND FRAU

BUCHER

1. Auflage 2021
BUCHER Verlag
Hohenems – Vaduz – München – Zürich
www.bucherverlag.com

Gestaltung: Asiye Macit
Herstellung: BUCHER Druck, Hohenems
Bindung: Papyrus, Wien
Printed in Austria

ISBN 978-3-99018-576-6

Für alle Frauen auf der Erde –
besonders für meine Ahninnen

INHALT

DIE GESCHICHTE DER MENSTRUATION

Einweihung in das Frausein –
die Wiedergeburt des Ichs / Selbst

»Wäre alles anders gekommen,
wenn du am ersten Tag der ersten Blutung
von deiner Mutter
einen Blumenstrauß bekommen hättest
und sie mit dir essen gegangen wäre
und dich danach zum Ohrlochstechen
mit zum Juwelier genommen hätte,
wo dir dein Vater deine ersten Ohrringe geschenkt hätte,
und ihr dann mit deinen Freundinnen und
den Freundinnen deiner Mutter
deinen ersten Lippenstift gekauft hättet
und danach zum ersten Mal,
ins Frauenhaus gegangen wärt,
um vom Wissen der Frauen zu erfahren?
Wäre alles anders gekommen?«

Judith Duerk
Circle of Stones

Die erste Blutung öffnet das Tor zum Frausein!
Es ist eine Einweihung in ein Mysterium.
Es öffnet die Verbindung zu den Ahninnen, zu den Ahnungen.

Menstruation, die Mondzeit, die Wiedergeburt der Göttin.
»Mens« bedeutet Monat.

Die Macht der Gebärmutter!
Macht kommt von »magan«, im Sinne von können, machen, etwas zu tun vermögen.
Vermögen! Ich stelle mein Vermögen dem Gemeinwohl zur Verfügung.

Dies ist eine hohe Form der Liebe.
Die Bauern von Bengalen glauben, dass der erste Monsunregen die Menstruation von Mutter Erde ist, nach der sie ihre Kinder – Pflanzen – hervorbringt.

Liebe Leserin, lieber Leser:
Wie habe ich meine erste Blutung erlebt?

»Du schreitest durch das Rote Tor,
du wächst in deiner Kraft.
Du bist die junge Mondblut-Frau,
die sich auf die Reise macht.
Schreite in Schönheit, schreite mit Mut,
Großmutter Mondin segnet dein Blut.
Schreite in Schönheit, schreite mit Mut.
Tochter der Zukunft, ehre dein Blut.«

Mereama

Bei der Beschäftigung mit dem weiblichen Zyklus fällt auf, dass die spirituellen Aspekte der Lebensübergänge größtenteils verloren gingen. Spirituelle Aspekte und Bedürfnisse lassen sich zeitweise unterdrücken – aber nicht auslöschen, ausmerzen! Sie kommen früher oder später über körperliche und seelische Symptome, Ventile, über spirituelle Erkrankungen in den weiblichen Lebensalltag zurück und sorgen oft für weitere Missverständnisse und Kränkungen.

Was »kränkt«, macht »krank«!

Die Menstruation ist ein Prozess des Loslassens und der Reinigung auf allen Ebenen.

Für viele Frauen ist es wichtig, die Tage vor und zur Zeit der Blutung innezuhalten, sich Ruhephasen zu schenken, sich zu spüren, sich zu verwöhnen, die Bedürfnisse des Körpers, der Seele und des Geistes ernst zu nehmen. Rückzug und Regeneration, Kraft tanken, Verständnis und Wertschätzung.

Liebe Leserin, lieber Leser:
Wie fühlt es sich an, wenn wir »Ich reiß mich zusammen!« mit »Was bringt mich zusammen?« ersetzen und ich mir die Frage stelle: »Was tut mir gut?«?

Wird dies verweigert, entstehen Symptome des Unwohlseins:
Spannungen, Stress, Schmerzen, Müdigkeit, Depression, gereizt sein, nicht belastbar sein, Energieschübe, Aggression, Esslust, nah am Wasser gebaut sein, aus der Haut fahren können, »die Decke fällt mir auf den Kopf« ...

Jedem körperlichen Symptom gehen seelische und spirituelle Zeichen voraus.

Die menstruelle Blutung – die Grundlage, dass Frauen Kinder gebären und dadurch ein Volk weiterlebt – ist seit Jahrhunderten tabuisiert. Durch Fehlwissen entstand eine Abwertung der Frau, der Menstruation, des Blutes und eine jahrhundertelange Tabuisierung des Weiblichen. Dies kreierte eine Vielzahl an Abwertungen – sowie ein Missachten der weiblichen Kraft und Würde in Frau und Mann!

In den alten Kulturen gab es seit jeher Mondhütten oder sogenannte Rote Zelte, in denen sich die Frauen während ihrer »Roten Zeit« zurückziehen konnten. Auch wurden dort die jungen Frauen in die Geheimnisse des Frauseins eingeweiht.

Zur Zeit der Blutung (Menstruation) sind die Tore zur Anderswelt offen. Der Muttermund ist geöffnet. Es ist eine Zeit der spirituellen Anbindung an die geistige Welt, die Welt der Ahninnen und Ahnungen.

Die Blutung der Frau ist ein Initiationsritual, das eine tiefe Verbundenheit mit den Kräften der Schöpfung spiegelt. In Schwellensituationen haben Frauen eine verfeinerte Wahrnehmung. Der weibliche Zyklus ist mit spirituellen Wachstumschancen verbunden. Mädchen- und Frauengesundheit ist nur gewährleistet, wenn körperliche, seelische und spirituelle Aspekte des Frauseins in der Gesellschaft – und von Frauen selbst – Wertschätzung und Würdigung finden.

Liebe Leserin, lieber Leser:
Den Menstruationszyklus als urweibliche Erfahrung erleben und wertschätzen!
Wie fühle oder fühlte ich meinen Menstruationszyklus?

Die Quelle unserer seherischen Kraft ist die Gebärmutter. Sie ist direkt mit den Hirngefäßen und dem dritten Auge – dem Sitz der seherischen Fähigkeiten – vernetzt. Die Gebärmutter hat eine spiralförmige Muskulatur. Die Spirale ist ein Ursymbol des Lebens für die Gebärmutter. Durch die Kontraktionen der Gebärmuttermuskulatur werden Blut- und Nervenbahnen angeregt. Amerikanische Neurologinnen und Forscherinnen haben bestätigt, dass spezielle Areale im Hirnstamm/ Reptiliengehirn stimuliert werden; die Gehirnzonen des interdependenten Denkens – das Denken in Vernetzung!

Mit jedem Mondzyklus, mit jeder Kontraktion erweitert sich die Wahrnehmung. Die Frau wird sensibler, empfindsamer! Der Schleier zur Anderswelt öffnet sich. Die Frau, die Hexe, die Zaunreiterin nimmt die sichtbare Welt sowie die unsichtbare, die Anderswelt wahr. Das ist normal! Alles, was die Frau wahrnimmt, ist wahr. Ihre innere Stimme ist die göttliche Stimme.

In der Sprache der Hopi-Indianer heißt es »wakaan«. Das bedeutet: menstruell, spirituell, heilig. Sie ist verbunden mit dem Großen Geist, mit der Großen Mutter, sie ist göttlich ... Sie ist eine Göttin.

DAS ERBE DES ALTEN WISSENS

Mein spirituelles Erbe antreten

Liebe Leserin, lieber Leser:
Ist sie eine Göttin? Bin ich eine Göttin?

Frauen in alten Kulturen wurden verehrt, weil sie Kinder gebären und seherische Fähigkeiten haben – weil genau diese Fähigkeiten dem Überleben des Stammes dienten.
Blicken wir 7.000 Jahre zurück, sehen wir eine matriarchale Kultur. Eine Kultur, in der die Frauen und Kinder gewürdigt wurden, eine Gesellschaft, wo Frauen und Männer gleichwertig waren, die in Frieden lebten. Wo Menschen, die sich den göttlichen Ordnungen, den Naturgesetzen widersetzten, aus der Gemeinschaft ausgeschlossen wurden, was Tod bedeutete.

»Matriarchale Völker bedürfen keiner Gesetzgebung, sie orientieren sich an den Naturgesetzen.«

Gerda Weiler

Die ganze Welt wird als göttlich, als weiblich göttlich, betrachtet. Deshalb besitzt alles Göttlichkeit. Mann und Frau, Tiere, Pflanzen, der kleine Stein und der große Stern. Alles ist spirituell. Es gibt keine Trennung zwischen profan und sakral. Säen, ernten, kochen ... Dies alles sind bedeutungsvolle Rituale!

»Was du ererbt von deinen Vätern und Müttern, erwirb es, um es zu besitzen.«

nach Johann Wolfgang von Goethe
Faust

»Das Herz hat den größeren Verstand als das Hirn.«

Jeder Mensch hat in seinen Zellen Altes Wissen gespeichert – das Zellgedächtnis an die Kraft der Frau, die Urkraft, die Lilith, an die wilde Kraft, die über den Körper gespürt wird.
Früher oder später entscheiden wir uns, dieses Erbe anzutreten. Die Kraft der Ahninnen und Ahnungen strebt nach außen, will leben und geboren werden!
Durch die Verbindung zu den Ahninnen heilen wir unsere eigenen Wurzeln. Das hat nichts mit Schönreden von Verstorbenen zu tun. Sondern mit Würdigung! Egal, wie die Ahninnen waren – ihnen verdanken wir unsere Existenz. Jede, jeder ist das Kind der eigenen Geschichte! Auch wir ...

Geburten sind Schwellen – und Krisensituationen.

Den ersten Gedanken und Impulsen zu vertrauen, auf die innere, die göttliche Stimme zu hören, der Sprache des Herzens zu folgen, das erleichtert diesen Geburtsprozess. So kann das Erbe anzutreten zur Geburtsstunde von innerem Wissen und Weisheit werden!

DER JAHRESKREIS UND SEINE FESTE

Die Reise im Sonnenkreis, im Lebenskreis –
gemeinsam mit der Sonne den
Jahreskreis durchwandern

»Die Kraft aus den Tiefen der Erde durchströmt dich,
wie der Saft im Frühjahr die Blumen erblühen lässt!
Die Kraft aus den Höhen des Himmels senkt sich auf dich
wie der Tau in der Nacht, der die Erde befeuchtet!
Die Kraft aus der Mitte schützt dich und erfüllt dich mit göttlicher Liebe!
DIE GÖTTIN IST IN DIR!«

Ernestine Pöcksteiner

DIE JAHRESKREISFESTE UNSERER URALTEN VOLKSTRADITION ERMÖGLICHEN:

Innezuhalten.
Im Hier und Jetzt zu sein.
Auf die innere Stimme zu horchen.
Die Zeit-Qualität zu spüren.
Sich wieder zu verbinden mit der Kraft der Heilpflanzen.
Der Sprache des Herzens zu folgen.
Mit Herz und Hand den Alltag und das Miteinander auf liebevolle Weise zu gestalten.
Kraft zu tanken in der Natur, am Feuer und beim Ritual.
Sich wiederzufinden als Teil der Schöpfung, eingebettet in den zeitlosen Kreislauf des Jahresrades.

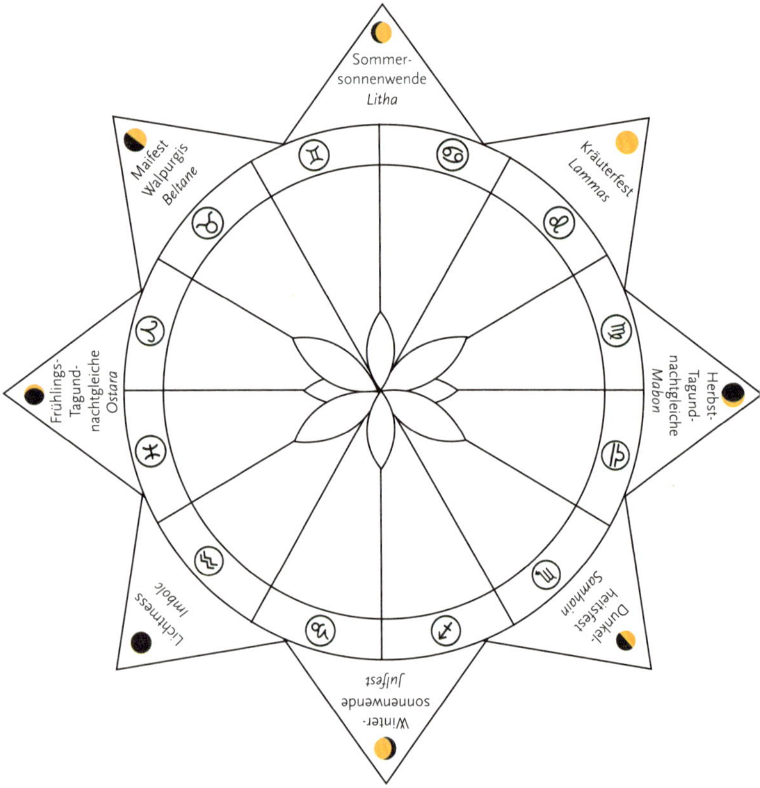
Sommer-
sonnenwende
Litha
Kräuterfest
Lammas
Herbst-
Tagund-
nachtgleiche
Mabon
Dunkel-
heitsfest
Samhain
Winter-
sonnenwende
Julfest
Lichtmess
Imbolc
Frühlings-
Tagund-
nachtgleiche
Ostara
Maifest
Walpurgis
Beltane

DIE JAHRESKREISFESTE UNSERER VOLKSTRADITION

Durch das Feste-Feiern manifestieren wir das, was wir feiern. Mani-fest-ieren, d. h. mit der Hand festmachen. Die Jahreskreisfeste stehen an den Wendepunkten, an Übergängen im Jahreslauf. Die Namen sind uralt, sie reichen in die keltische Tradition zurück.

1. Februar	Lichtmess, Imbolc Keltisch: »im Bauch« Der Same keimt im Bauch von Mutter Erde – die Wiedergeburt des Lichtes.
21. März	Frühlingsanfang, Frühlings-Tagundnachtgleiche, Ostara Die Frühlings- und Fruchtbarkeitsgöttin. Sie symbolisiert die aufgehende Sonne. Die Sonne geht genau im Osten auf.

1. Mai	Walpurgis, die Hochzeit von Himmel und Erde, Beltane Irisch-Gälisch: »hell leuchtend« Der Gott Belenus – die Erscheinung des Gehörnten, der die Wiedergeburt des Sonnengottes verkörpert – wird der Begleiter der Göttin.
21. Juni	Sommersonnenwende, Johanni-Feuer, Litha Angelsächsisch: »Licht«
1. August	Lammas, Lugnasad, Kräuterweihe, erster Schnitt, Erntemond Angelsächsisch: »Lamm«, »Laibmesse« Die gälische Bezeichnung für August ist heute noch »Lúnasa«. Lugh, der keltische Gott, und »násad« – »Spiele«, »Versammlung«. Aus dem frisch geernteten Korn wird das erste Brot rituell gefeiert und die Kornmutter geehrt.

21. September	Herbstbeginn, Herbst-Tagundnachtgleiche, Mabon Die Göttergeschichte von Mabon und seiner Mutter Modron: Mabon wird entführt, die weisen Tiere suchen und finden ihn ... Der Same wird weggetragen, ruht in der Erde, bis er im nächsten Frühjahr gestärkt die Welt des Lichtes betritt – reif, um sich fortzupflanzen. Die Sonne geht genau im Westen unter.
1. November	Allerheiligen, Allerseelen, Halloween, Dunkelheitsfest, Samhain (älter: Samhuin) Schottisch-Gälisch: »Ende des Sommers«, »der Same kehrt heim in den Schoß der Mutter Erde.«
21. Dezember	Wintersonnenwende, Weihnacht, Julfest, Nacht der Mütter Die geweihte Nacht im Zeichen des Steinbocks – der Hinweis auf die Hirschkraft, welche mit den Trommelschlägen der Hufe die ruhenden Samen im Schossraum von Mutter Erde erweckt.

DAS LEBEN IST EIN KREIS VON GEBURT BIS ZUM TOD BIS ZUR WIEDERGEBURT.

»Heilender Kreis, kreisendes Heil, ströme in mir, ströme in dir!« (Mantra)

Der Mensch ist in Rhythmen eingebunden. Das ist ein Naturgesetz.
Tages-, Monats-, Menstruations-, Jahres-, Siebenjahres-, Zweistunden-Rhythmen ...

Frauen sind im besonderen Maße in diese kosmischen Rhythmen eingebunden durch ihre Erfahrungen mit dem weiblichen Zyklus, der monatlichen Blutung.
Mond-Frauen sind auserwählt im Kreislauf der Mondin, eines kosmischen Gestirns, zu bluten. Die Mondkraft beeinflusst nicht nur die Gezeiten der Meere, sie beeinflusst die Flüssigkeiten in unserem Gewebe, den Blutfluss und unsere Gefühlswelt mit allen Emotionen. Das hat Konsequenzen!
Ein Frauenleben ist durch ein zyklisches Grundmuster geprägt – nicht linear, was dem Denken und Handeln unserer Kultur und einer patriarchalen Ordnung entspricht. Immer mehr, schneller, besser, reicher ... Allerdings eine Kultur oder Unkultur, die krank macht und zerstörerisch wirkt – für Frauen und Männer! Es spießt sich mit dem Naturgesetz.

In Zyklen zu leben bedeutet, sich mit Veränderungen, mit dem ständigen Wechsel von Werden und Vergehen, von Stirb und Werde auseinanderzusetzen. Das Symbol dieses Gesetzes ist die Sinuskurve oder Schlange.

Die Schlange (Äskulapnatter) ist ein Symbol für Heilung – Äskulapstab).

Ganz, heil, heilig zu sein bedeutet, die Bewegung der Naturrhythmen mitzuvollziehen. Dadurch entsteht Flexibilität, die Dynamik einer Entwicklung. Weisheit entsteht, wenn wir den Gesetzen der Natur, den natürlichen Bewegungen der Natur folgen und sie anerkennen als Naturgesetze.

Um gesund und heil zu bleiben, sollten Frauen ihre unterschiedlichen Bedürfnisse erfüllen. Wellness, Friseur, Kosmetik, Kirchen- oder Arztbesuche meine ich nicht!

Das Lebensumfeld von Frauen ist nicht lebens- und kraftspendend, eher kräfteraubend. Stress, Belastungen, hohe Anforderungen der Arbeits- und Lebensbedingungen, Missbrauch, Übergriffe, Gewalt, seelische und körperliche Beschneidungen.

Die Erde ist weiblich, wird ausgeplündert und missbraucht! Die Schlange wurde zur Verführerin und verteufelt. Allein das Diktat »So sollen Frauen aussehen und funktionieren!« hat zerstörerisches Potenzial.

FRAUEN SIND ANDERS!

Die Frau ist die Wissende, die Expertin ihres Körpers. Willkommen, Seherin!

AB IN DIE MONDHÜTTE!

Frauen erwerben mit ihrem weiblichen Zyklus ca. vierzig Jahre lang wertvolle Erfahrungen. Sie lernen ihren Körper und seine Veränderungen im Laufe vieler Zyklen kennen.
Da Frauen während ihrer Mondzeit, bei Schwellensituationen und Lebensübergängen vermehrt Zugang zu Intuition und innerem Wissen haben, erwerben sie im Laufe ihrer Zyklen eine verfeinerte Wahrnehmung.
Bei jeder Art von Schwellensituation, bei jedem bewussten Lebensübergang, bei der ersten Blutung, bei der Schwangerschaft, bei der Geburt, bei der Stillzeit, bei den Wechseljahren ... wird die Frau eingeweiht in die Mysterien ihres Körpers, ihrer Seele und ihres Geistes.

Kein Doktorhut der Welt kann das wettmachen.

Wenn auch diese Fähigkeit abgewertet und lächerlich gemacht wurde: »Sie spinnt, hört das Gras wachsen, ist hysterisch, hat Gesichter, Ahnungen ...«
Jeder Mensch weiß im Grunde seines Herzens, was ihm guttut! Ist dieses Wissen auch teilweise verschüttet, so hat die Intuition viele unterschiedliche Arten und Weisen, sich mitzuteilen.

Manchmal spinnt sie – Spinnen ist eine besonders kreative Tätigkeit! Ein Alphazustand, nach innen horchen, hören auf die Sprache des Herzens und des Bauches. Im Flüstern der Blätter, im Knarren der Bäume, im Gesang der Vögel, im Spiegel der Mitmenschen. Hineingleiten in eine Dunkelheit, in eine depressive Verstimmung, in eine Leere. Dinge, die sonst so selbstverständlich sind, werden zu Schreckgespenstern. Sobald wir diese Dinge anpacken können, verliert das Gespenst seinen Schrecken.

Nützt eine Frau diese Zeit der monatlichen Visionssuche, wird sie mehr und mehr zur Hüterin ihres Körpers, ihrer Seele und ihres Geistes – zur Priesterin des Körpertempels. Empfindsam, seidig, spürend, fühlend, sehend, wissend ...

GESICHTER DER INTUITION:

Spontane Impulse.
Gedanken.
Träume.
Bilder.
Innere Stimme.
Siebter Sinn.
»Aus dem Bauch heraus«, das Bauchhirn.
Urfrau, Ahnin, wilde Frau.

Einen richtigen Namen für die Intuition zu finden, ist nicht möglich. Es gibt viele Namen in allen Kulturen: »Wolfsfrau«, »Baba Yaga«, »Hexe«, »alte Weise«, »Lehrerin«, »Ahnin«, »Urfrau«, »wilde Frau« ... (siehe: »Die Wolfsfrau erzählt« von Clarissa Pinkola Estés).

Das Wahrnehmen der Intuition kann geschult bzw. verfeinert werden. Den direkten Zugang haben wir beim kreativen schöpferischen Tun. Schreiben, Musizieren, Töpfern, Singen, Tanzen, Sexualität, Erotik, Wandern, im Umgang mit Pflanzen ... aber auch in Krisen und Krankheiten. Intuition ist die Fähigkeit, aus bestehenden Gedankenmustern neue Gedankengänge zu erschaffen.

Liebe Leserin, lieber Leser:
Was habe ich für Erfahrungen mit meiner Intuition?

»Die Namen der Göttinnen und Ahninnen,
der Dämoninnen und Feen
sind unsere Geschichten,
die Facetten weiblicher Eigenschaften und Fähigkeiten.
Indem wir sie wiederentdecken, legen wir unsere Kräfte frei.
Indem wir sie benennen,
schreiben wir die ununterbrochene Geschichte weiblicher Macht neu
und holen sie uns zurück!«

Luisa Francia

Die Frau übernimmt Eigenverantwortung für ihren Körper. Sie entscheidet als Kundige. Sie gibt ihre Selbstbestimmung nicht an der Rezeption von Arztpraxen oder Ambulanzen ab.
Entschlossen entscheidet sie, auf ihrem Lebensweg in Gesundheit, Würde und Schönheit zu schreiten. Der Krankenschein ist ein Gutschein für eine dementsprechende Behandlung. Die Frau holt sich Informationen und löscht den Satz »Die Ärztin, der Arzt wird es schon wissen ...« aus ihrer Sprache. Die Frau beim Arzt, bei der Ärztin ist Kundin – und

die Kundin ist Königin. Sie geht eine Geschäftspartnerschaft auf Zeit ein.

Die Patientin, der Patient im Mittelpunkt einer Praxisphilosophie:
Die Patientin ist die wichtigste Person in unserer Praxis.
Wir tun keiner Patientin einen Gefallen, wenn wir sie bedienen.
Sie tut uns einen Gefallen, indem sie uns eine Gelegenheit schenkt, unserer Lebensaufgabe zu leben.

»Wo du nützlich bist,
wirst du benutzt.
Sei Königin deines eigenen Reiches
und du wirst wie eine Königin behandelt.
Achte auf dich selbst
und du wirst geachtet.
Verzeihe dir selbst
und alles kommt ins Gleichgewicht.
Sei eigenmächtig
und niemand wird Macht über dich haben.«

Luisa Francia

Liebe Leserin, lieber Leser:
Wo bin ich nützlich?
Bin ich die Königin des gesamten Reiches von Körper, Geist und Seele?
Achte ich mich selbst, in allen Facetten?
Liebe und lebe ich meine innerste, dunkelste Göttin?
Liebe und lebe ich meine hellste, leuchtende Göttin?
Bin ich eigenmächtig und halte mein Zepter in der Hand?

SIE HAT SICH EMANZIPIERT

Einst hat er ein Weibchen
zärtlich und nett
pflegeleicht zu gebrauch
am Herd und im Bett.
Sie tat alles für ihn
still und bescheiden
doch
geschah das immer mit
Freuden?

So lebt er sorglos vor sich
hin
und sie
wie sich's gehört
treu neben ihm
im Schatten seiner
Männlichkeit.

Doch mit der Zeit zerrinnt
ihr Traum
von ewig während
junger Liebe
und wie ein Baum
sein Wachsen zeigt durch

Triebe
so wächst und reift auch
sie.

Er spürt's mit leisem
Unbehagen
was ist geschehen
was ist in sie gefahren
so störrisch sah er sie noch
nie
in all den vielen Ehejahren.

Sein Wort ist nicht mehr
was es war
sie zweifelt jedes an
fürwahr
hat plötzlich einiges zu
sagen
stellt unerwartet kluge
Fragen
auf die er keine Antwort
weiß.
Er der einstens hat das
Sagen
steht ratlos da
hat nichts zu sagen.

Hat sich früher ihre
Tätigkeit erstreckt
vom Hausmütterchen zum
Lustobjekt
nun hat sie ihr eigenes
ICH entdeckt
mit allen Konsequenzen.
Geliebt wird nun
wenn sie a u c h will
er denkt
wo führt das hin
wo sind die Grenzen
doch vorerst bleibt er
stumm und still
bis endlich dann
der Groschen bei ihm fällt
und er kapiert

Oh Gott, sie hat sich
emanzipiert!

Gedicht einer Seminarteilnehmerin
Bildungshaus Batschuns

DIE WECHSELJAHRE

Lebensübergänge sind keine Krankheiten, sondern Chancen, mit Veränderungen besonders erfolgreich umzugehen.

Das Alter wird pathologisiert, die Frau als Kundin für die patriarchale Medizin und Pharmazie umworben. Schönheitschirurgen verdienen sich goldene Nasen.
Die seherischen Fähigkeiten von Frauen an Lebensschwellen – kreative Akte der geistigen Mutterschaft – werden belächelt, für krankhaft erklärt. Die Psychiatrie steht den Frauen offen, wo die innere Stimme mit Psychopharmaka zum Schweigen gebracht wird. Frauen lassen sich in Hormonkorsette stecken.

Bei der Geburt der geistigen Kinder kann sich aber ein großes Kraftpotenzial zeigen. An Lebensschwellen meldet sich bisher nicht Wahrgenommenes, Verdrängtes, Abgespaltetes. Für die Lebensenergie ist dies ein spürbares Fehlen: Teile meiner Ganzheit, wie Wut, Aggression, Trauer, Schmerz, Rache, Eifersucht, Enttäuschung, Frust und Schuldgefühle. Es sind Quellen von Depression, Verbitterung, Lustlosigkeit ...

GEISTIG-SPIRITUELLE VERÄNDERUNGEN

Neue Werte, Blickrichtungen von außen nach innen, früher auf andere – jetzt auf mich.
Eigener Wille, erhöhte Sensibilität und Wahrnehmung, Körper hilft als Spiegel.
Zugang zu Natur-, Mond- und Jahreszeitenrhythmen.

Intuition, innere Stimme, Träume.
Äußeres Sehen – inneres Schauen, Horchen, Hören, Gehorchen.
Göttliche Stimme, geistig-spirituelle Sinnfindung.
Zugang zu innerer Weisheit.

SEELISCHE VERÄNDERUNGEN

Nicht mehr so gefällig, pflegeleicht, angepasst sein – Erwartungen und Rollenbilder nicht mehr erfüllen.
Mut, die eigene Meinung zu sagen, neue, eigene Wege zu gehen.
Vom Ja-Sagen zum Nein-Sagen: sich abgrenzen, sich nicht über Kinder, Familie, Mann, Beruf definieren.
In der Sexualität mitreden, wann und wie.
Tiefe Empfindungen: Trauer, Freude, Schmerz, Aggression, Euphorie, Begeisterung, Neugierde, Sehnsüchte, Unsicherheit, Ängste, Zweifel.
Konfliktfreudiger und konsequenter sein, Spannungen und Gereiztheit aushalten.
Seelisches Wohlbefinden ist wichtiger als gefallen!

KÖRPERLICHE VERÄNDERUNGEN

Keine Blutung, Blutungsveränderungen, nicht mehr gebärfähig.
Hormone, Sexualität, Haarfarbe, Gesichtshärchen, Figur, Gewicht, Haut, Sehkraft, Beweglichkeit, Geschwindigkeit, Tempo, Gewichtigkeiten verändern sich.
Zentrum des Körpers – Bauch.
Unruhe, Bewegungshunger, schnelles Ermüden, Depression, Kraftlosigkeit, Niedergeschlagenheit.
Kraft und Ausstrahlung.
Ich stehe zu mir, zu meinem neuen Kleid wie der bunte Baum im Herbst.

SYMPTOME IN DEN WECHSELJAHREN: DER KÖRPER ALS BÜHNE

Die Wechseljahre sind ein Einweihungsweg!
Eine Schwelle zu Weisheit und Macht – markiert durch das Versiegen des Blutes.
Der Körper ist sehr weise. Er weist hin und zeigt auf, mit Zeichen und Symptomen.

Blutsveränderung	Ein neuer Rhythmus beginnt.
Letzte Menstruation	Ende der körperlichen Fruchtbarkeit Beginn der geistigen Fruchtbarkeit und Mutterschaft
Hitzewallungen	Hitze – Energie – Feuer – Wandlung
Schwitzen, Angst	Alles wallt durcheinander.
Stimmungsschwankungen	Gefühle, Stimmungen werden stärker wahrgenommen. Was stimmt?
Aggression	Etwas in Angriff nehmen, Energie für Projekte nützen.
Depression	Etwas niederdrücken, blockierte Energie, der Angriff wird nach innen gelenkt.

Schlaflosigkeit	Wacher werden, es gibt einiges zu tun.
Globusgefühl	Ein Kloß im Hals, die Stimme erheben.
Mundtrockenheit	Mir bleibt die Spucke weg.
Halsentzündung	Ich lasse es nicht heraus.
Übersäuerung	Gastritis, ich bin sauer.
Osteoporose	Wie geh' ich mit dem Innersten um?
Gesichtshärchen	Männliche Potenz, Eigenmächtigkeit.
Herzrhythmusstörungen	Das Herz ist aus dem Takt geraten, das Herz stolpert.
Gelenksbeschwerden	Wie steht es um meine Bewegungsfreiheit?
Kreuzschmerzen	Ich habe ein Kreuz zu tragen.
Pilzerkrankungen	Was lebt im Schatten?

NATÜRLICHE HEILMETHODEN FÖRDERN …

… eine verfeinerte Wahrnehmung.
… Sinnlichkeit und Erotik (Erotik ist Lust ohne Begierde).
… Entwicklungsprozesse (Entwicklung der Persönlichkeit im ganzheitlichen Sinn).
… Selbstheilungskräfte (die innere Heilerin).
… Eigenmächtigkeit und Selbstvertrauen.
… Dankbarkeit, Achtsamkeit und Verantwortung der Natur gegenüber.

»Gott atmet in allem, was lebt.«

Hildegard von Bingen

HEILMETHODEN:

Wasser	Trinken, Baden, Kneippen, Schwitzen in der Sauna
Ernährung	Vollwert, wenig tierisches Eiweiß
Heilfasten	Reinigen, Loslassen, Klären
Darmregeneration	Der Darm ist die Wurzel und hat den größten Anteil am Immunsystem (Allergien).
Leberpflege	mit Löwenzahn, Mariendistel, Schöllkraut u. a.
Die Natur Als Heilerin	Kraftplätze, Bäume, Steine für die Regeneration, Aufenthalt im Freien
Sonne, Licht	Die Körperzellen reagieren auf Licht – Lichtstoffwechsel, Hormon- und Immunsystem.
Heilpflanzen	Bachblüten- und Blütentherapie, Essenzen, Naturkosmetik
Homöopathie	
Energetische Heilmethoden	
Achtsamer Lebensstil	ausreichend Schlaf, bewusstes Atmen, Tagebuchschreiben ...
Bewegung	meditatives Gehen, Tanzen, Wandern, Joggen, Bergsteigen

freiheit

befreit von alten spinnenweben
mein heiliger Ort
tempel der freiheit

im tal der tränen
zwischen gestrüpp und steinen
der alten haut entschlüpft

lausche den choral der liebe
aus tausendstimmigem lobgesang

an wärmender morgensonne
entfalten sich flügel
schillernd behutsam leise

Eva Studer

HURRA! FRAUEN AN DIE MACHT!

EINE ALTE HINDULEGENDE

Einer alten Hindulegende zufolge waren früher alle Menschen Göttinnen und Götter.
Die Menschen missbrauchten jedoch in einer furchtbaren Weise ihre Gottheit.
Brahma, der Gott der Götter, beschloss, ihnen die göttliche Macht fortzunehmen und an einem für die Menschen unauffindbaren Platz zu verstecken.
Das große Problem war, ein Versteck zu finden.
Als die Götter zusammengerufen wurden, um dieses Problem zu lösen, machten sie folgenden Vorschlag: »Verbergen wir die Gottheit des Menschen in der Erde.«
Aber Brahma antwortete: »Nein, dies genügt nicht! Denn der Mensch wird graben und seine Gottheit wiederfinden.«
Da machten die Götter einen anderen Vorschlag: »Lasst uns die Gottheit im tiefsten Ozean versenken.«
Wiederum antwortete Brahma: »Nein! Früher oder später wird der Mensch auch die Tiefen aller Ozeane entdecken, dann wird er seine Gottheit wiederfinden und an die Oberfläche holen.«

Da wussten die Götter keinen Rat: »Wo können wir die Gottheit verstecken? Es gibt weder auf der Erde noch in den Meeren einen Platz, wo sie der Mensch nicht finden wird.«
Brahma antwortete in seiner Weisheit: »Schaut, was wir mit der Gottheit des Menschen machen! Wir werden sie verstecken im Tiefsten von ihm selbst, denn das ist der einzige Platz, an dem er nie danach suchen wird.«
Seit dieser Zeit – so schließt die Legende – hat der Mensch die Welt befahren und die entlegensten Winkel entdeckt, hat getaucht und gegraben, um etwas zu suchen, was in ihm selbst zu finden ist.

nach einem Text von Eric Butterworth
Discover the Power Within You

Liebe Leserin, lieber Leser:
Bitte fragen Sie sich: »Was fehlt mir?«

Bisher drehte sich alles um die anderen.
Ich drehe mich um meine Mitte, meinen eigenen Mittelpunkt, den Wesenskern findend.

Aufgabe und Bestimmung: Wir Frauen haben die Lebensaufgabe, Leben zu spenden, das Leben auf der Erde zu nähren und nicht zu zerstören. Frauen bleiben ein Leben lang Gebärende – schwanger mit ihren geistigen und seelischen »Kindern«, ihren Ideen und Konzepten. Den Lebensauftrag und die heilige Bestimmung ernst zu nehmen, spielerisch und lustvoll umzusetzen – das ist das Ziel.
Wird die Yang-Kraft von Frauen nicht gelebt, entsteht ein Feld, das sich Männer zunutze machen können. Mit Machtmissbrauch, Gewalt an Frauen und Kindern. Dazu kommt die Abhängigkeit der Männer von der Sexualität der Frauen.
Wissen ist Macht!

Liebe Leserin, lieber Leser:
Wenn Sie die folgenden Zitate lesen ...
»Kenne ich meine innewohnende Seins-Macht? Fühle ich mich erotisch, vollmächtig, machtvoll?«

»Es gibt nichts Erotischeres als Macht!«

Hilde Bradovka

»Matriarchale Macht beschränkt sich auf die innewohnende Seins-Macht, ohne machthaberisch zu sein!«

Gerda Weiler

»Wir sind nicht gemacht für so wenig Macht!«

Gisela Steineckert

ERINNERUNGSARBEIT

Die Freinacht, die Göttin wählt ihren Heros

Die Walpurgisnacht, Beltane. Im Süden von Kreta lebt das Volk der Skafioten. Lange zogen sie mit ihren Schaf- und Ziegenherden durch die weißen Berge Lefka Ori. Bei ihnen gibt es einmal im Jahr für Frauen eine Freinacht – ein Überbleibsel und Hinweis auf eine matriarchale Kultur, trotz stark patriarchaler Sitten. In der Walpurgisnacht wählten die Frauen ihre Liebhaber. In Matriarchaten wählen Frauen den Mann, den sie zu sich in ihren heiligen Tempel einladen. Lilith, die erste Frau Adams, wollte mit ihm auf Augenhöhe sein.

Für die moderne Frau ist es eine Gelegenheit, sich wieder zu erinnern – an die Macht und Kraft, an die Würde der Frau! Eine Aufforderung, zu Intuition und innerem Wissen zu stehen sowie zu der unmittelbaren Verbindung zu den weiblichen Organen, zu den Hormondrüsen und zur sexuellen Kraft.

ALTES HEILWISSEN UND DIE NEUE PHYTOTHERAPIE

Wir werden viele Hebammen brauchen für die Neugeburt einer mütterlichen Welt, für den Umgang mit Feuer und die Liebe zu Gräsern und Kräutern.

Wenn uns etwas abhandenkommt, fehlt, werden wir uns bewusst, dass wir einmal mehr davon hatten. Wenn wir krank sind, wird uns schmerzlich die Gesundheit bewusst.

Wie hilfreich Heilpflanzen Krisen und Lebensprozesse unterstützen und begleiten, durfte ich in meinem und im Leben anderer Frauen oft miterleben. Das Wissen um die Wirkkraft der Heilpflanzen und deren Anwendung im Alltag ist eng verwoben mit dem spirituellen und magischen Wissen um die Lebenszusammenhänge. Sich wiederverbinden mit altem Volksheilwissen, mit der traditionellen Kräuterheilkunde, mit Frauenwissen sowie mit der Kraft des Weiblichen in Frau und Mann, das ermöglicht und schafft kollektive Felder der Versöhnung.

Eines Tages wird die Sehnsucht zu erblühen größer, als im Schutz der Knospe gefangen zu sein.

Das Wissen eines Volkes ist anerkanntes Weltkulturerbe, dies steht seit 2006 unter dem Schutz der UNESCO. Es wird über Generationen in den Genen, im Stammesgedächtnis weitervererbt. Deshalb kann sich niemand dieser Ahnung, dieser Erinnerung ganz entziehen.
Es ist eine Information, ein Wissen, eine Kraft, die im Stammbaum mitwächst. Sie steht in den Sternen, leuchtet vom Himmel, wächst aus der Erde, ist allgegenwärtig in der Natur.
Kerstin Pilop nennt es »mystische Astropoesie«, die in Mythen, Legenden, Märchen, Sagen ... transportiert, überliefert, weitererzählt, vererbt wird. Sie wird uns, wie unsere Muttersprache, mit der Muttermilch unserer Galaxis (»gála« – Milch) mitgegeben. Unsere kosmisch-irdische Galaxis!

In allen Mythen steckt ein zutiefst realistischer Naturbezug. Nicht nur das Körnchen Wahrheit. Viele folkloristisch überlieferte Festtagsrituale, jahreszeitliche Bräuche und traditionelle Spruchweisheiten, die mir merkwürdig erschienen, bekamen einen logischen Sinn, sobald sie im kosmischen Zusammenhang betrachtet wurden.

Liegen Frauen im Dornröschenschlaf? Der königliche Vater hat die 13. Fee nicht mit an den gemeinsamen Tisch geladen bei der Geburt seiner Tochter. Das Unglück beginnt im Turm der alten Frau. Das Mädchen wird zur Frau. Blut ist an den Fingern, mit der Spindel gestochen – der Zauber der 13. Fee. Mit der Zahl 12 wurde der Kreis geschlossen, mit der 13 geht das Leben, die Geschichte weiter ... Die Spirale des Lebens ...

DREIFALTIGKEIT DER FRAUEN

Als Wirkkraft schon von Anbeginn
dreifaltig seid ihr Frauen,
sanft zwischen Sonne, Erde, Mond
webt ihr das Urvertrauen.

Sternhelle Wilbeth,
mondgerührt,
jungfräulich reine Quelle,
voll Unschuld zwingt dein Eigensinn
den dumpfen Wahn ins Helle.

Glutvolle Ambeth,
sonnenstark,
der Leidenschaft ergeben,
verzauber' uns mit Liebeskraft,
erfüll' die Welt mit Leben.

Nachtdunkle Worbeth,
erdenschwer,
du Urstoff von uns allen,
zur Reife treibst du uns mit Macht,
bis tot wir in dich fallen.

Es walten Geist und Kraft und Stoff
nach weiblichem Begehren,
das Männliche vollendet sich
im dienenden Bewähren.

Manfred Stein

FRAUSEIN IST EIN UNENDLICHES GLÜCK!

Liebe Leserin, lieber Leser:
Fühle ich mich unendlich glücklich und dankbar, eine Frau zu sein?
Fühle ich den Herzschlag von Mutter Erde in meinen Blutadern pulsieren?
Fühle ich die weltumfassende Verbindung mit meinen Blutsschwestern?

Ich stehe lauthals zu meiner Intuition, zu meiner Kraft und Macht!
Zur seherischen Kraft meiner Mütter, meiner Großmütter, zur Urmutter, zur Großen Mutter, zur Göttin!
Ich tanze und singe das Lied!

»Mother, I feel you under my feet.
Mother, I feel your heartbeat.«

Windsong Dianne Martin
Mother I Feel You

Mir und vielen anderen ist es wichtig, wie es den Frauen, Männern und Kindern, Tieren und Pflanzen, wie es der Welt geht. Mir ist es ein Anliegen, Frauen an ihre Kräfte und Fähigkeiten zu erinnern!

Da alle Frauen wie Blutsschwestern miteinander verwoben sind, ist es nicht egal, wie es der Tänzerin aus Rumänien oder der jungen Prostituierten aus Russland geht. Wir sind in Freud und im Leid unverbrüchlich miteinander verbunden.

Blut und Blutgefäße sind wie Nabelschnüre, sie weben sich um den ganzen Erdball. Ein Gitternetz – Kraftlinien, die alle Frauen aus aller Welt verbinden. Eine Nabelschnur, die um die Erde pulst. In diesem Blut pulsiert der Herzschlag von Mutter Erde, von unserem Mutterboden, von unserer Muttersprache!

Dadurch ist es uns möglich, die Kraft der Frauen zu spüren, einzutauchen in das morphogenetische Feld. So gelingt es uns, die Verbindungen und Vernetzungen, die Liebe und Wertschätzung zu anderen Frauen auf der ganzen Welt, zu den weisen Alten, zu den Großmüttern und Urgroßmüttern, zur Großen Mutter Erde, zum Weiblichen in mir, in dir, in jedem Mann zu würdigen und nährend zu unterstützen!

AN DIE FRÄUDE

Fräude, schöner Göttin'funken,
Fräude in froher Leichtigkeit,
lässt uns leben, feuertrunken,
unsre Flügel sind bereit.

I: Klein, allein, das ist von gestern,
wir sind viele, Hand in Hand.
Alle Frauen werden Schwestern,
tanzen heim ins Mutterland! :I

Blut, du rote Kraft der Frauen,
weibliches Mysterium,
wir betreten voll Vertrauen
hier dein Zelt und Heiligtum.

I: Angst und Scham, das ist von gestern,
etwas Neues nun beginnt.
Alle Frauen werden Schwestern,
wenn der rote Faden 1. rinnt! / 2. spinnt! :I

Freiheit, Atem meiner Seele,
du gehörst seit je zu mir,
rufst mich, dass ich Wachstum wähle,
und ich lass mich führ'n von dir.

I: Stumm, versteckt, das ist von gestern,
wir gehen aufrecht, stolz und frei.
Alle Frauen werden Schwestern,
Bonsai-Zeit, die ist vorbei! :I

Text: Judita Dana Würkner
Nach: Friedrich Schiller, An die Freude
Musik: Ludwig van Beethoven
(Schlusschor der 9. Sinfonie)

ICH WÜRDIGE MICH.

ICH EHRE MICH.

ICH LIEBE MICH.

Mit dem segnenden Wortlaut des alten Taufrituales:
»Du bist geboren als Königin, Priesterin, Prophetin!«

KÖNIGIN

Nachfahrin der Sonnengöttin und des Sonnengottes.
Meine Krone weist zur geistigen Welt.
Ich übernehme Verantwortung für mein Reich.
Ich lebe aus dem Zentrum meiner Kraft.
Ich spreche die Wahrheit und stehe dafür ein.
Ich bin Königin meiner Reichtümer.
Diese sind Hingabe und Liebe zu mir, weil ich göttlichen Ursprungs bin.
Diese Liebe repräsentiere ich und erschaffe Wohlergehen für das Gemeinwohl.

PRIESTERIN

Ich pflege die Verbindung zwischen Himmel und Erde, Erde und Himmel.
Die Salbung meines Körpers verbindet mich mit meinem göttlichen Selbst.
Ich zelebriere die Morgentoilette, kämme und streichle mein glänzendes Haar, erblicke im sprechenden Spiegel Untiefen und Seelenabgründe, erschaue im Auge die Klarheit der Bergseen und das Aufleuchten der Sterne!
Körper, sei mein Tempel und Engel, mein Freund, Lehrer, Liebster, heiliger Hain der Begegnung ...
Ich nähre den Frieden, integriere Licht und Dunkel.
Ich zeige mich wahrhaftig in allen Aspekten der Göttin.
Ich kenne und ehre die göttliche Ordnung.

PROPHETIN

Seherin, Visionärin, Pensionärrin, Grenzgängerin, Ver- und Entrückte, Entzückte, Visionssuchende und Visionsfindende.
Ich sehe in andere Ebenen.
Ich sehe was, was du nicht siehst ...
Rendezvous mit der Kraft der Urfrau, Ahnfrau, Lilith, Wildfrau, Saligen, Zaunreiterin, Kreativität.
Spürig, sensibel, sensitiv.

Liebe Leserin, lieber Leser:
Wie ehre, würdige, lebe ich meine Königin, Priesterin, Prophetin?
Was habe ich mit meiner Königin, Priesterin, Prophetin schon erlebt?

Meine schönste Erfahrung auf den Firnhängen der Mörzelspitze im Bregenzerwald: Über dem Gipfelkamm ziehen Wolken auf. Der tiefblaue, türkise, weit entfernte Himmel breitet seine Schäfchenlocken dicht über unseren Köpfen aus und wir erleben optisch, dass der Himmel uns nähergekommen ist. Näher, mein Gott, zu mir, näher zu dir ...

Ich habe ein ähnliches Phänomen in einer Sternennacht in der Silvretta erlebt. Der Sternenhimmel kam immer näher und deckte mich wie mit einer Bettdecke zu und flüsterte mir ins Herz: »Der Himmel ist in dir!«

ZAUBERWORTE

Ge-heim-nis

Geh heim zu dir.
Ich komme gut im innersten, heiligen Raum meiner Seele an.
Verbinde mich mit der Wurzel, Ahninnen- und Ahnenkraft, mit den Ahnungen, mit meiner Intuition, meinem einzigartigen inneren Wissen, das von Anbeginn der Zeit ein Geschenk der Göttin, der universellen Liebe, des Kosmos ist.
Wir sind Liebe!
Die Seele ist immer Heil und heilig.
Das unversehrte Land der Seele, Avalon, jenseits der sichtbaren Welt, ist das größere Land, in dem wir willkommen sind.
Schutz ist, wenn ich gut bei mir bin.

Ge-mein-sam

Ich lege meine Hand in deine Hand, gemeinsam schaffen wir es.
Wir sind zusammengekommen, wir sind mit-ein-ander.
Gemeinsam ist die Feldwirkung, das morphogenetische Feld größer.
Es ist lustvoller und leichter.
Frauenleben mit Freundinnen ist ein wundervolles Lebensgefühl und eine Überlebensstrategie, Lebensqualität.
Wir laden unsere Fräundinnen ein. Wir laden unsere Ahninnen ein, unsere Linie.
Wir sind zusammen, um zu heilen.

Ge-wissen

Das Frauenwissen in dir ist einzigartig!
Vergiss ein schlechtes Gewissen!
Gewiss, ich weiß! Ich bin weise und darum habe ich auch weiße Haare.
Je älter ich werde, umso größer ist mein Vertrauen in das innere Wissen, ins Universum.
Universum = ich bin eins.
Manchmal fragt mich jemand: »Und das glaubst du?«
»Nein, ich weiß es!«
Das hätte ich mich früher nicht getraut.

DIE KURZFORMEL DER SPIRITUALITÄT

Ich bin mit allem verbunden!
Vertraue in die geistige Welt!
Vertraue ins Universum!
Vertraue in das Göttliche!

Bei Ritualen werden tiefe, archaische Ebenen angesprochen und berührt.

Sich salben bedeutet für mich:
Ich verbinde mich mit dem heilen Land meiner unversehrten Seele! Heiland!
Ich verbinde mich mit dem Göttlichen in mir!
Ich bin eine Göttin!
Ich bin eine Königin!
Ich bin eine Priesterin!
Ich bin eine Prophetin!
Ich liebe und bin geliebt!

ALS ICH MICH SELBST ZU LIEBEN BEGANN …

Als ich mich selbst zu lieben begann,
habe ich verstanden,
dass ich immer und bei jeder Gelegenheit
zur richtigen Zeit am richtigen Ort bin
und dass alles, was geschieht, richtig ist –
von da an konnte ich ruhig sein.
Heute weiß ich, das nennt sich »VERTRAUEN«.

Als ich mich selbst zu lieben begann,
konnte ich erkennen,
dass emotionaler Schmerz und Leid
nur Warnung für mich sind,
gegen meine eigene Wahrheit zu leben.
Heute weiß ich, das nennt sich »AUTHENTISCH SEIN«.

Als ich mich selbst zu lieben begann,
habe ich aufgehört,
mich nach einem anderen Leben zu sehnen,
und konnte sehen, dass alles um mich herum
eine Aufforderung zum Wachsen war.
Heute weiß ich, das nennt sich »REIFE«.

Als ich mich selbst zu lieben begann,
habe ich aufgehört,
mich meiner freien Zeit zu berauben,
und ich habe aufgehört,
weiter grandiose Projekte für die Zukunft zu entwerfen.
Heute mache ich nur das, was mir Spaß und Freude bereitet,
was ich liebe und mein Herz zum Lachen bringt.
Auf meine eigene Art und Weise und in meinem Tempo.
Heute weiß ich, das nennt sich »EHRLICHKEIT«.

Als ich mich selbst zu lieben begann,
habe ich mich von allem befreit,
was nicht gesund für mich war.
Von Speisen, Menschen, Dingen, Situationen
und von allem, das mich immer wieder hinunterzog,
weg von mir selbst.
Anfangs nannte ich das »gesunden Egoismus«,
aber heute weiß ich, das ist »SELBSTLIEBE«.

Als ich mich selbst zu lieben begann,
habe ich aufgehört,
immer recht haben zu wollen.
So habe ich mich weniger geirrt.
Heute habe ich erkannt, das nennt sich »DEMUT«.

Als ich mich selbst zu lieben begann,
habe ich mich geweigert,
weiter in der Vergangenheit zu leben
und mich um meine Zukunft zu sorgen.
Jetzt lebe ich nur mehr in diesem Augenblick,
wo alles stattfindet.
So lebe ich heute jeden Tag und nenne es »BEWUSSTHEIT«.

Als ich mich selbst zu lieben begann,
da erkannte ich,
dass mich mein Denken armselig und krank machen kann,
als ich jedoch meine Herzenskräfte anforderte,
bekam der Verstand einen wichtigen Partner.
Diese Verbindung nenne ich heute »HERZENSWEISHEIT«.

Wir brauchen uns nicht weiter vor Auseinandersetzungen, Konflikten und Problemen mit uns selbst und anderen zu fürchten,
denn sogar Sterne knallen manchmal aufeinander
und es entstehen neue Welten.
Heute weiß ich, »DAS IST DAS LEBEN!«.

Nach Kim und Alison McMillen
When I Loved Myself Enough

BRENNNESSEL

SCHAFGARBE

FRAUENMANTEL

FRAUENKRAFTKRÄUTER

GRUNDKRÄUTER

Brennnessel	blutreinigend, harnsäureausscheidend, blutbildend
Birke	stoffwechselfördernd, entwässernd, harnsäurelösend
Johanniskraut	nervenstärkend, entzündungshemmend, stimmungsaufhellend
Zinnkraut	entwässernd, nierenstärkend, blasenstärkend, bindegewebestärkend
Hafer	nervenstärkend, beruhigend

FRAUENHEILKRÄUTER

Rosenblütenblätter	Reguliert den Hormonhaushalt, abwehrsteigernd
Silbermantel, Frauenmantel	Reguliert den Hormonhaushalt, Universalmittel des Unterleibs, progesteronhaltig
Schafgarbe	Reguliert den Hormonhaushalt, entzündungshemmend, blutstillend
Stinkender Storchenschnabel	wundheilend, schmerzstillend, fruchtbarkeitssteigernd, gut für die Schilddrüse
Weiße Taubnessel	Reguliert den Hormonhaushalt, schleimhautregenerierend, bei Weißfluss
Himbeerblätter	Reguliert den Hormonhaushalt, abwehrsteigernd, geburtsfördernd
Melisse	beruhigend, bei Krampfneigung, gegen Herpes
Salbei	Reguliert den Hormonhaushalt, entzündungshemmend, östrogenhaltig
Mutterkraut	Reguliert den Hormonhaushalt, stärkend
Oregano (Dost)	krampflösend, erwärmend, gegen Husten
Gänsefingerkraut	gegen alle Arten von Krämpfen
Hopfen	beruhigend, östrogenhaltig
Roter Klee	Reguliert den Hormonhaushalt, entzündungshemmend
Hirtentäschelkraut	blutungsstillend, zusammenziehend
Gänseblümchen	»Arnika der Gebärmutter«

WEITERE HORMONELL WIRKSAME PFLANZEN

Mistel (Eichenmistel) als Kaltauszug
Wiesenbärenklau (»Ginseng des Europäers«)
Beifuß (artemisia vulgaris)
Traubensilberkerze (Schlangenwurzel, cimicifuga racemosa) als Wurzelessenz
Mönchspfeffer (agnus castus)

ANWENDUNG

1 Portion Kräuter (was zwischen 3 Fingern Platz hat) mit 1–2 Liter kochend heißem Wasser übergießen.
10 Minuten ziehen lassen.
Abseihen.
In Thermoskanne warmhalten.
Täglich schluckweise trinken!

WIRKUNG

Reguliert den Zyklus.
Gegen Stimmungsschwankungen.
Gegen Brustspannen.
Gegen Schmerzen.

DIE AUTORIN

Das Rote Zelt
Salon 13
Viva la vulva

Für die Gesundheit von Frauen und zum Wohle von Männern und Kindern braucht unsere Gesellschaft ein erweitertes Verständnis, neue Sichtweisen, eine neue Sprache und Rituale über die biologischen Zusammenhänge hinaus ...

Hildegund Theadora Engstler, Jg. 1944, kam mit 19 Jahren als Medizinisch-technische Assistentin mit den Tabuthemen rund um das Frausein in Berührung, als sie erlebte wie nahe Geburt und Tod, Freud und Leid miteinander verbunden sind.
Besonders die Abwertung des Weiblichen, die sie im medizinischen Alltag beobachten konnte, motivierte sie, sich nach und nach für Frauen zu engagieren. Ihre Freude an Weiterbildung und die Bereitschaft zur Selbstreflexion ermächtigen sie, kraftvolle Samen in die Welt zu streuen zu inspirieren, sich mit dem Thema neu und anders zu befassen.
Ihre Herzensthemen Geburt, Menstruation, Wechseljahre und der Übergang zur ‚alten Weisen' transportiert sie in Seminaren, Workshops und Vorträgen – tanzend, singend, ermutigend und wissend.
Hildegund Theadora Engstler ist Expertin für altes Frauen- und Kräuterwissen und begleitet seit 50 Jahren andere Frauen im Alltag und bei Lebensübergängen.

Ihre spontanen Komplimente gepaart mit ihrer Herzlichkeit berühren und begeistern. Hildegunds Kompetenzen und ihr Pioniergeist tragen reichlich Früchte in der erfolgreichen Gründung eines Vereins – dem Salon 13 – für Themen rund um die Weiblichkeit in Mann und Frau und in Veranstaltungen im Roten Zelt, dem Schutzraum der Frauen schlechthin.
Schmunzelnd zitiert sie: ‚Frauen bleiben ihr Leben lang Gebärende'. Und führt weiter aus:

Durch den Kontakt mit Schamanismus und mit der indianischen Kultur bestätigte sich für mich der Zusammenhang, dass weibliche Spiritualität eng mit dem Körper der Frau, besonders mit der Gebärmutter, verbunden ist. So eröffnete sich mir ein ganzheitliches Konzept zum weiblichen Zyklus und zur Spiritualität.

Nach einer Begegnung mit Cassandra Frener, einer meiner vielen Wegbegleiterinnen, entwickelte sich 2018 eine Freundschaft und die Zusammenarbeit bzw. Weiterentwicklung des Konzepts »Rotes Zelt« begann. Mittlerweile sind wir ein Team von fünf Initiatorinnen und gründeten den Verein Salon 13.

WAS IST DAS ROTE ZELT?

Bei vielen verschiedenen indigenen Völkern auf der ganzen Erde gab es seit frühesten Zeiten Rote Zelte, auch Mondhütten genannt, in denen die Frauen einer Gemeinschaft die Zeit des Blutens miteinander verbrachten. Feierlich wurden die Geheimnisse des Frau-Seins an die jungen Frauen weitergegeben.

SALON 13

Der Salon 13 ist ein noch junger Verein, offiziell gegründet am 15. Juni 2020 in Nenzing, Vorarlberg. Hildegund Engstler und Cassandra Frener veranstalteten 2018 in der VHS Rankweil das erste Mal ein Rotes Zelt. 2019 waren wir dann zu viert im Organisationsteam und es entstand ein ganzes Festival mit vielen tollen Seminaren zum Thema Frau-Sein. Seit 2020 besteht das Kernteam aus fünf Frauen. 2021 erweitern wir zum Festival der Weiblichkeit in Mann und Frau. Männer und Frauen sind willkommen.

Infos über unser Vereinsleben, unsere Vision und Mission finden Sie auf der Homepage.

www.salon13.at

VIVA LA VULVA

Als »jüngstes Kind« im Roten Zelt entstand das Seminar »Viva la vulva – Es lebe die Weiblichkeit!«. Mit Raum für die Begegnung mit der weiblichen Urkraft, der Spiritualität, der seherischen Kraft des Weiblichen, der Würde der Frau, dem Sich-Wiedererinnern an das alte Frauen- und Kräuterwissen.

EVIVA LA VULVA
als „healing-song“ zum V-Day am 14.2.2013

1. Schwarz gelockt, gekräuselt, dunkel, dicht bewaldet,
so ist der Eingang, die Pforte, das Tor.
Rosig, zart, hellhörig, duftend und sensibel,
bereit zum Spielen, Sich-Öffnen blitzt's hervor.
Und tun die Flügel sich dann auf ganz weit,
wird's Fliegen, Tanzen, Glück, Unendlichkeit!

2. In dem Fließen, Spüren, zärtlichen Berühren
trifft Yoni Yoni, verdoppelt ihr Glück.
Und im Werben, Kosen, Stoßen klopft ein Lingam
an diese Tür an, will vorwärts, nicht zurück.
Die Leidenschaft im Zentrum unsres Seins,
die zaubert, wo grad zwei noch waren, eins ...!

R. Ja, Lust und Liebe ganz für mich – que viva la vulva!
F Und freut es mich, dann freut's auch dich – que viva
la vulva!
Wie eine Rose rot erblüht – que viva la vulva,
bin ich ganz Frau und wunderschön,
kann frei durch's Leben geh'n!

R. Ja, Lust und Liebe ganz für DICH – que viva la vulva!
M Und freut es DICH, dann freut's auch MICH – que viva la vulva!
Wie eine Rose rot erblüht – que viva la vulva,
BIST DU ganz Frau und wunderschön,
KANNST frei durch's Leben geh'n!

T: Jutta* Judita Dana (© Jutta Würkner)
M: „Eviva la vulva" („Eviva Espana" by Caerts/Rozenstraten)

LITERATUREMPFEHLUNGEN

Altes Wissen, Göttinnen, Mythen, Matriarchat

ANGELIKA ALITI
Macht und Magie – Der weibliche Weg, die Welt zu verändern (Frauenoffensive 1998)

LYNN ANDREWS
Aufbruch in ein neues Leben – Ein spiritueller Wegweiser für die Wechseljahre (Goldmann 1994)

RICARDO COLER
Das Paradies ist weiblich – Eine faszinierende Reise ins Matriarchat (Kiepenheuer 2009)

MARY DAILY
Gyn/Ökologie – Die Metaethik des radikalen Feminismus (Frauenoffensive 1991)

KURT DERUNGS
Die Landschaft der Göttin – Avebury, Silbury, Lenzburg, Sion (Edition Amalia 2000)

CLARISSA PINKOLA ESTÉS
Die Wolfsfrau erzählt – Auf den Spuren der wilden Frau (Heyne 1998)

SHEILA FARRANT
Die Kraft weiblicher Symbole in der Bildsprache der Astrologie (Labyrinth 1997)

HELGE FOLKERTS
Spirale, Kreis und Lebenstanz – Die Magie der Symbole (Arun 2007)

LUISA FRANCIA
In den Gärten der Kore – Visionen aus einem weiblichen Universum (Frauenoffensive 2003)
Kalypso (Frauenoffensive 1984)
Mond – Tanz – Magie (Frauenoffensive 1986)

HEIDE GÖTTNER-ABENDROTH
Der Weg zu einer egalitären Gesellschaft – Prinzipien und Praxis der Matriarchatspolitik (Drachen 2004)
Fee Morgane – Der Heilige Gral: Die großen Göttinnenmythen des keltischen Raumes (Ulrike Helmer 2005)
Frau Holle – Das Feenvolk der Dolomiten: Die großen Göttinnenmythen Mitteleuropas und der Alpen (Ulrike Helmer 2005)
Inanna – Gilgamesch – Isis – Rhea: Die großen Göttinnenmythen Sumers, Ägyptens und Griechenlands (Ulrike Helmer 2004)

HANS HAID
Mythen der Alpen – Von Saligen, Weißen Frauen und Heiligen Bergen (Böhlau 2006)

BRIGITTA DE LAS HERAS
Die Reise durch den Jahreskreis – Rituale, Phantasiereisen und Tänze zu den acht Jahreskreisfesten (Schirner 2005)

BARBARA HUTZL-RONGE
Feuergöttinnen, Sonnenheilige, Lichtfrauen – Mythen, Sagen und Sternzeichen zum Feuer (Frauenoffensive 2000)

PRUDENCE JONES UND NIGEL PENNICK
Heidnisches Europa – Geschichte, Kult & Wiederbelebung (Arun 2003)

NAH KIN
Lebe die Göttin in dir – Das Erwachen der Weiblichkeit im neuen Zeitalter (Koha 2016)

ERNI KUTTER
Der Kult der drei Jungfrauen – Eine Kraftquelle weiblicher Spiritualität neu entdeckt (Kösel 1997)

VICKI NOBLE
Mythen, Musen und Tarot – Motherpeace
(Frauen-offensive 1987)

HANS STERNEDER
Tierkreisgeheimnis und Menschenleben
(Eich-Verlag 2009)

WOLF-DIETER STORL
Der Bär – Krafttier der Schamanen und Heiler
(AT Verlag 2005)
Ich bin ein Teil des Waldes – Der »Schamane aus dem Allgäu« erzählt sein Leben (Heyne 2008)

BJÖRN ULBRICH UND HOLGER GERWIN
Die geweihten Nächte – Rituale der stillen Zeit: Ein Ratgeber für Weihnachten (Arun 2005)

CLAUDIA VON WERLHOF
Vom Diesseits der Utopie zum Jenseits der Gewalt – Feministisch-patriarchatskritische Analysen – Blicke in die Zukunft? (Centaurus 2015)

ELISABETH WIESER SCHIESTL UND
HEIDEMARIE KROLAK ITTEN
Frauenpassion – Leiden und Leidenschaft für das Leben (Labyrinth 1999)

QUELLENVERZEICHNIS

»Wäre alles anders gekommen ...«
Judith Duerk
Circle of Stones: Woman's Journey to Herself
(New World Library 2004)

»Du schreitest durch das Rote Tor ...«
Mereama (2015)
www.mereama.com/portfolio-posts/du-schreitest-durch-das-rote-tor

»Matriarchale Völker bedürfen keiner Gesetzgebung ...«
Gerda Weiler

»Was du ererbt von deinen Vätern und Müttern ...«
Nach Johann Wolfgang von Goethe
Faust. Eine Tragödie. (Cotta'sche Verlagsbuchhandlung 1808)

»Die Kraft aus den Tiefen der Erde durchströmt dich ...«
Ernestine Pöcksteiner

»Die Namen der Göttinnen und Ahninnen ...«
Luisa Francia
Eine Göttin für jeden Tag (Frauenoffensive 1996)

»Wo du nützlich bist ...«
Luisa Francia

»Sie hat sich emanzipiert ...«
Gedicht einer Seminarteilnehmerin
Bildungshaus Batschuns (2005)

»Eine alte Hindulegende ...«
Nach Eric Butterworth
Discover the Power Within You (Harper & Row 1968)

»Gott atmet in allem ...«
Hildegard von Bingen

»freiheit ...«
Eva Studer

»Es gibt nichts Erotischeres ...«
Hilde Bradovka

»Matriarchale Macht beschränkt sich ...«
Gerda Weiler

»Wir sind nicht gemacht ...«
Gisela Steineckert

»Mystische Astropoesie …«
Kerstin Pilop

»Dreifaltigkeit der Frauen …«
Manfred Stein

»Mother, I feel you …«
Windsong Dianne Martin
Mother I Feel You (1996)

»An die Fräude …«
Judita Dana Würkner
Nach: Friedrich Schiller, An die Freude (1785)
Musik: Ludwig van Beethoven, Schlusschor der 9. Sinfonie (1824)

»Als ich mich selbst zu lieben begann …«
Nach Kim und Alison McMillen
When I Loved Myself Enough (St. Martin's Press 2001)

Fotos auf Seite 96:
© Victoria Rüf

BILDNACHWEIS

S. 20: The „Sleeping Lady": National Museum of Archaeology, Valletta.
NMA, Series A – No. 1 of 6
www.heritagemalta.org
Photo © 2013 Clive Vella / info@clivevella.com – Text © 2013 Heritage Malta / info@heritagemalta.org
Printed on Acid-Free paper using pigment based inks.

S. 38: Ammonit mit Schlangenkopf
Unteres Jura bzw. Lias von Württemberg,
Durchmesser ca. 36 cm
© Naturhistorisches Museum Wien
Geologische Abteilung
wwww.postcardprint.com

S. 60: HERAKLION MUSEUM. „Schlangengöttin (Kreta)" Fayence. Aus dem Zentralheiligtum des Palastes von Knossos. Um 1600 v. Chr.

S. 70: Die große Urmutter
Sitzidol von Pazardzik (Bulgarien)
Jungneolithikum, ca. 4000 v. Chr.
Gestalt einer thronenden Frau aus gebranntem Ton, Kultobjekt steinzeitlicher Bauern, wahrscheinlich einer der ältesten Beispiele einer „großen Urmutter".
© Naturhistorisches Museum Wien, 1030 / 1999

DANKE

Mein herzlicher Dank gebührt den vielen jung verstorbenen Frauen aus meinem Bekanntenkreis. Von ihnen lernte ich am meisten.

Weiters danke ich Sandra Barbara Rüf aus Mellau für ihre langjährige Freundschaft und Ermutigung sowie das Sichten und Ordnen meiner Kursunterlagen, die sie zur Konzeptreife für dieses Buch brachte.

Den Mitarbeiterinnen des BUCHER Verlags danke ich für die grafische Umsetzung sowie das Lektorat.

Wirkungsvolle
homöopathische
Arzneien

Elisabeth Majhenić

Wirkungsvolle homöopathische Arzneien

Leitfaden zur Selbstanwendung

Dieser Leitfaden bietet eine Hilfe zur Selbsthilfe an.

Wichtige homöopathische Arzneimittel werden in einer gut verständlichen und fachlich aufbereiteten Form von einer erfahrenen Expertin und Lehrerin in diesem Fachgebiet vorgestellt. Im Mittelpunkt steht die Wichtigkeit des individuellen Symptomenkomplexes einer Person und ihres Krankheitszustandes für die richtige Wahl einer homöopathischen Arznei. An der Homöopathie interessierte Laien können so lernen, für sich selbst oder für Angehörige in unterschiedlichen Lebens- und Krankheitssituationen das homöopathische Arzneimittel zu finden, mit dem Beschwerden gelindert und Gesundungsprozesse unterstützt werden können.

Hardcover | 168 Seiten | ISBN 978-3-99018-560-5

BUCHER Verlag · www.bucherverlag.com